तारा तारा शब

(ग़ज़ल संग्रह)

इक़बाल आज़र

रोज़ाना का अब तो यही मा'मूल है बस 'आज़र'
तारा-तारा शब कटती है, तिनका-तिनका दिन

Published By

Anybook

Cell : 9971698930

E-mail : contactanybook@gmail.com

Website : www.anybook.org

Price in India : 250/- INR

First published by Anybook in 2022

Copyright Text © 2022 Iqbaal Aazar

Printed and bound in India

Cover Design & Typesetting by Anybook

ISBN : 978-93-91571-28-3

नज़्र

मेरी शरीके-हयात रुख़साना परवीन की नज़्र जिन्होंने मेरी ज़िन्दगी को दौरे-पुर-आशोब में भी बिखरने नहीं दिया।

मैं फ़िक्र के जंगल में भटकता हुआ शाइर
तुम हुस्ने-मआनी हो, तख़य्युल हो, यक़ीं हो

मेरी बात

मुअज़्ज़िज़ (सम्मानित) क़ारीईन (पाठकगण) देवनागरी रस्मुल-ख़त (लिपि) में मेरा यह पाँचवा मजमूआ-ए-ग़ज़ल (ग़ज़ल-संग्रह) तारा-तारा शब के उनवान (शीर्षक) से आपके रू-ब-रू है, मैं अपने कलाम के बारे में ख़ुद कुछ कहूँ यह मुनासिब नहीं है। आपकी मो'तबर ज़हानत (विश्वसनीय प्रतिभा) ही इसका फ़ैसला कर सकती है कि कलाम कैसा है।

आप क़ारी (पाठक) हैं, आप दानिश्वर (बुद्धिजीवी) हैं, आप आदिल (न्याय-प्रिय) हैं, आपका फ़ैसला, आपकी राय सर-आँखों पर।

आपका

इक़बाल 'आज़र'

हर ऐसे-वैसे से हम दाद की ख़्वाहिश नहीं रखते
बस अपनी हर ग़ज़ल, हर शे'र, चश्मे-मो'तबर में हो

फ़ेहरिस्त

हम्द

ज़मीन उसकी ज़माँ[1] भी उसका
मकान क्या ला-मकाँ[2] भी उसका

ज़बां भी उसकी बयां भी उसका
सुख़न[3] में राज़े - निहां[4] भी उसका

यक़ीं[5] भी उसका गुमाँ[6] भी उसका
निज़ामे-सूदो-ज़ियाँ[7] भी उसका

वही है मौजे-हवा[8] का मालिक
फ़ज़ा[9] में अब्रे-रवाँ[10] भी उसका

निगारिशे-बख़्त[11] भी उसी की
वजूदे-क़िर्तासे-जाँ[12] भी उसका

1- काल, समय, संसार 2- वह स्थान जिसकी कोई सीमा न हो अर्थात ईश्वर का स्थान 3- काव्य 4- छुपा हुआ
भेद 5- विश्वास 6- भ्रम 7- लाभ-हानि की व्यवस्था या प्रबन्ध 8- हवा ही लहर 9- वातावरण 10- उड़ता हुआ
बादल 11- सौभाग्यता 12- शरीर रूपी वास का अस्तित्व

उसी के ताबे[13] नफ़्स[14] की लहरें
निज़ामे-उम्रे-रवाँ[15] भी उसका

मिसाले-माहे-मुबीं[16]   मुनव्वर[17]
मिरी जबीं[18] पर निशाँ[19] भी उसका

ज़मीं पे है धूप भी उसी की
फ़लक पे महरे-तपाँ[20] भी उसका

हैं कश्तियाँ भी उसी की 'आज़र'
नदीं में आबे-रवाँ[21] भी उसका

13- अधीन 14- साँस 15- बीतती हुई आयु का प्रबन्ध 16- चमकते हुए चन्द्रमा के समान 17- चमकदार
18- माथा 19- चिह्न 20- तपता हुआ सूर्य 21- बहता हुआ पानी

ग़ज़लें

तसव्वुर[1] भी जहाँ जाने से क़ासिर[2] है वहाँ से है
हमारी रूह का रिश्ता मकीने-ला-मकाँ[3] से है

तुम्हीं बतलाओ मैं अपने वतन को छोड़ दूँ कैसे
मिरे अज्दाद[4] की निस्बत[5] मिरे हिन्दोस्ताँ से है

मिरी मंज़िल की हद[6] पर गुफ़्तुगू तुम बाद में करना
सफ़र की इब्तिदा[7] मेरे, ज़रा सोचो कहाँ से है

है उसकी मस्लहत[8] क्या ये समझ पाऊँ कहाँ मुमकिन
मुझे मतलब अगर है तो फ़क़त[9] सूदो-ज़ियाँ[10] से है

तिरे औसाफ़[11] की बरकत[12] ने बख़्शा है सुख़न मुझको
बलाग़त[13] मेरे लहजे[14] में ये तेरी दास्ताँ से है

1- विचार 2- असमर्थ 3- ईश्वर 4- पुरखे 5- सम्बन्ध 6- सीमा 7- प्रारम्भ 8- स्वार्थ, इच्छा 9- केवल
10- लाभ-हानि 11- गुण 12- प्रचुरता 13- अलंकृत शैली 14 - बात करने का ढंग

तारा तारा शब

इन्हें हमदर्दियाँ बिल्कुल नहीं हैं धर्मो-मज़हब से
भजन में आस्था इनकी न मतलब कुछ अज़ाँ से है

ख़िरद-मंदों[15] के ज़हनों में ये कैसे आएगा 'आज़र'
तअल्लुक़[16] मेरे सज्दों का जो तेरे आस्ताँ[17] से है

15- बुद्धिमान 16- सम्बन्ध 17- चौखट

गिरा जो शाख़ से पत्ता सँभल के बैठ गया
ज़बाने-हाल[1] को समझा सँभल के बैठ गया

मिरे किनारे कोई तिश्नाकाम[2] आया है
बस इतना सोच के दरिया सँभल के बैठ गया

यक़ीं[3] ने तोड़ दिए जब गुमां[4] सराबों[5] के
तो गिरते - गिरते वो संभला संभल के बैठ गया

डरा दिया है मुझे साज़िशों ने इस दर्जा
अगर किसी ने पुकारा संभल के बैठ गया

वो सीधा-सादा सा शाइर रिवायतों[6] का अमीं[7]
अमीरे-शहर को देखा सँभल के बैठ गया

कुछ इतना भा गया मुझको फ़ुसूने-तीरा-शबी[8]
हुआ जो दिन का उजाला सँभल के बैठ गया

ख़बर मिली है कि आएँगे वो अयादत[9] को
तो मैंने ख़ुद को समेटा सँभल के बैठ गया

किसी से छीन के रोटी मैं खाने वाला था
लरज़ के नींद से जागा सँभल के बैठ गया

असातिज़ा[10] का किया इतना एहतिराम[11] 'आज़र'
अगर ख़याल भी आया सँभल के बैठ गया

8- काली रात की माया (जादू) 9- रोगी का हाल पूछने के लिए जाना 10- गुरुजन 11- सम्मान

खो गई पहचान क्या बे-चेहरगी[1] तू ही बता
हम हैं क्यों अपने ही घर में अजनबी तू ही बता

हम से पहले दश्ते-तन्हाई में कितने खो गये
नक़्शे-पा[2] तू ही बता आवारगी तू ही बता

क्या हैं असरारे-ख़ुदी[3], क्या हैं रुमूज़े-बे-ख़ुदी[4]
ऐ ख़ुदी! तू ही बता ऐ बे-ख़ुदी! तू ही बता

रह गये ज़ंजीर ही छनका के बस कितने असीर[5]
बे-कसी[6] तू ही बता ऐ बे-बसी! तू ही बता

मुन्तज़िर[7] आँखों पे आ बैठी है क्यों गर्दे-मलाल[8]
देर से मौजूद पलकों की नमी तू ही बता

तारा तारा शब

गर्मी-ए-एहसास से मुरझा गये कितने ख़याल
दश्ते-ग़म से बात करती ख़ामुशी तू ही बता

सब्र की यलग़ार[9] से क्यों काँपता है इक़्तिदार[10]
मौजे-दरिया के मुक़ाबिल[11] तिश्नगी[12] तू ही बता

क्यों तसव्वुर[13] बे-अमाँ[14] क्यों आरज़ू है बे-लिबास
ज़हन पर छाई हुई संजीदगी तू ही बता

तेरे एहसासात[15] को 'आज़र' है किसका इंतिज़ार
ज़िन्दगी में रह गई है क्या कमी तू ही बता

9- आक्रमण 10- सत्ता 11- सम्मुख 12- तृष्णा 13- विचार 14- असुरक्षित 15- भावनाओं

वाक़िफ़े-तर्ज़े-वफ़ा[1] भी है वो हरजाई[2] भी
उसको आती है जराहत[3] भी मसीहाई[4] भी

इश्क़ दाना-ए-ज़माना[5] भी है सौदाई[6] भी
इश्क़ रुसवाई[7] भी है वज्हे-पज़ीराई[8] भी

इश्क़ आईने-फ़क़ीरी[9] से ही ता'बीर[10] नहीं
इश्क़ की ज़ात[11] में पोशीदा[12] है मौलाई[13] भी

मेरे एहसास[14] को मजरूह[15] किया है अक्सर
इश्क़ ने की है मिरी हौसला-अफ़ज़ाई[16] भी

जिस्म पत्थर हुआ जाता है तिरी फ़ुरक़त[17] में
राख हो जाए न अब शोला-ए-बीनाई[18] भी

1- वचन बद्धता की शैली से भिज्ञ 2- धोखेबाज़ 3- शल्यक्रिया, चिकित्सा 4- मृत को जीवित करना 5- समय का बुद्धिमान 6- विक्षिप्त 7- बदनामी 8- स्वीकृति, सहमति का कारण 9- भिक्षु विधान 10- स्वप्नफल 11- अस्तित्व 12- छुपा हुआ 13- ईश्वरत्व 14- भावना 15-घायल 16- उत्साह वर्धन 17- वियोग 18- नेत्र ज्योति

तारा तारा शब

ख़ाक भी हमने उड़ाई है बयाबानों[19] में
दामने-दश्त[20] में की है चमन-आराई[21] भी

कैसी तरजीह[22] यहाँ आ के सभी एक हुए
बज़्म[23] में शाह[24] भी मौजूद हैं मुजराई[25] भी

सोज़े-ग़म[26] से भी तअल्लुक़[27] है पुराना अपना
हम अज़ल[28] से रहे ख़ुशियों के तमन्नाई[29] भी

उनके औसाफ़[30] के गुन गा तो रहे हो 'आज़र'
तुमने पुरखों की रिवायत[31] कोई अपनाई भी

19- आरण्य, जंगल 20- निर्जन स्थान 21- फूल खिलाना 22- वरीयता 23- सभा 24- राजा 25- सलाम करने वाला 26- दुख की जलन (ताप) 27- सम्बन्ध 28- प्रारम्भ, आदिकाल 29- इच्छुक 30- गुण 31- परम्परा

हर इक लम्हा जमाले-आरिज़ी[1] पर तंज़ करता है
तिरा चेहरा गुलों की ताज़गी पर तंज़ करता है

तिरे जलवों[2] की शफ़्फ़ाक़ी[3] से है महताब[4] शर्मिन्दा
तिरे पैकर[5] का साया चाँदनी पर तंज़[6] करता है

उसे पहचान लो उसके तदारुक[7] की भी कुछ सोचो
जो इक ख़तरा तुम्हारी ख़ामुशी पर तंज़ करता है

नज़र भर कर जिसे तू देख ले तस्वीर हो जाए
तिरा जादू तिलिस्मे-सामरी[8] पर तंज़ करता है

गुबारे-ज़ीस्त[9] में गुम हो गई पहचान ही मेरी
हर आईना मिरी बे-मंज़री[10] पर तंज़ करता है

तिरा वस्फ़े-करीमी[11] ऐ ख़ुदा! रुसवा[12] न हो जाए
ज़माना मेरे दामाने-तही[13] पर तंज़ करता है

1- अस्थाई सौंदर्य 2- दर्शन 3- निश्छलता 4- चन्द्रमा 5- आकृति 6- व्यंग्य 7- प्रतिरोध 8- सामरी नामक जादूगर का मायाजाल 9- जीवन की धुँद 10- दृश्य हीनता 11- कृपालुता का गुण 12- बदनाम 13- रिक्त आँचल

तारा तारा शब

अँधेरी रात के गोशे[14] में जलता-बुझता इक जुगनू
चराग़ो-बे-ज़िया[15] की ज़िन्दगी पर तंज़ करता है

मैं रिश्तों के घने जंगल में रह कर भी अकेला हूँ
गुज़रता वक़्त मेरी बे कसी पर तंज़ करता है

कभी मे'यार[16] की हद से मैं बाहर हो नहीं सकता
वो नादाँ[17] है मिरी संजीदगी पर तंज़ करता है

उसी से इस्तिफ़ादा[18] भी किया करता है वो कमज़र्फ़[19]
उसी की ख़ाक उड़ाता है उसी पर तंज़ करता है

वो सब कुछ जानकर अनजान सा रहता है ऐ 'आज़र'
शरीफ़ुन्नफ़्स[20] इंसाँ कब किसी पर तंज़ करता है

14- कोना 15- प्रकाश विहीन दीपक 16- स्तर 17- भोला 18- लाभान्वित होना 19- ओछा, संकीर्ण
20- स्वभावतः सज्जन

❀

सर-सब्ज़[1] वादियों का सफ़र एक ही बहुत
दिल के लिए किसी की नज़र एक ही बहुत

हक़-आशना[2] मिज़ाज[3] को राहे-हयात[4] में
शब एक ही बहुत है सहर[5] एक ही बहुत

भटके हुओं के वास्ते कम हैं हज़ार दर
सच्ची अक़ीदतों[6] को है दर एक ही बहुत

मंज़िल कोई मिले न मिले चलते जाइए
ज़ौक़े-सफ़र[7] को राहगुज़र[8] एक ही बहुत

दरकार ज़िंदगी को हमेशा सुकूने-दिल
ख़ुशियाँ मिलें तो छोटा सा घर एक ही बहुत

क्यों शहर-शहर जाते रहें दर-ब-दर फिरें
दुनिया के जानने को सफ़र एक ही बहुत

1- हरी-भरी 2- सत्य से परिचित 3- स्वभाव 4- जीवन पथ 5- प्रातः 6- आस्था 7- यात्रा के शौक़ 8- मार्ग, पथ

तारा तारा शब

मेरी तरफ़ उठे तो मैं हो जाऊँगा निहाल
मेरे लिए है उनकी नज़र एक ही बहुत

बे-आब[9] मोतियों का ख़ज़ीना[10] भी है अबस[11]
सच्चा अगर मिले तो गुहर एक ही बहुत

जिसकी चमक से लश्करे-बातिल[12] लरज़ उठे
हक़[13] के लिए है तेग़ो-उमर[14] एक ही बहुत

शोहरत के आसमान को छूने के वास्ते
कोशिश अगर करो तो हुनर एक ही बहुत

'आज़र' उसी का हाशिया-बरदार[15] सारा दश्त[16]
करने को राज शेरे-बबर एक ही बहुत

9- पानी (चमक) रहित 10- भण्डार कोष 11- व्यर्थ 12- झूठे लोगों का समूह 13- सत्य 14- ख़लीफ़ा उमर राजि की तलवार 15- किसी बड़े व्यक्ति की सेवा में उपस्थिति 16- जंगल

❁

ना रवा[1] मानेंगे बे-ज़ारे-वफ़ा[2] मानेंगे
आह भरने का भी कुछ लोग बुरा मानेंगे

रहरवाने-रहे-उल्फ़त[3] की ख़ता मानेंगे
राहज़न[4] को भी जहाँ राह-नुमा[5] मानेंगे

पेश कर देना हुज़ूर उनके अरीज़ा दिल का
तेरा एहसान बहुत बादे-सबा मानेंगे

हमने उम्मीद का दामन कभी छोड़ा ही नहीं
हम जफ़ा[6] को भी तिरी तर्ज़े-वफ़ा[7] मानेंगे

लाख हम हिज्र[8] में तड़पा करें आँसू भी बहाएँ
जिनको आता ही नहीं मानना क्या मानेंगे

1- अनुचित 2- वचन बद्धता से विमुख 3- प्रेम मार्ग का पथिक 4- लुटेरा 5- मार्गदर्शक 6- अत्याचार, अन्याय
7- वचन बद्धता की शैली 8- वियोग

तारा तारा शब

अपना दावा है कि मुख़्तारे-जहाँ[9] है कोई और
उनकी ये ज़िद कि उन्हें लोग ख़ुदा मानेंगे

उनसे कह दें मगर 'आज़र' ये ख़याल आता है
अपने दिल की भी कही वो न ज़रा मानेंगे

9- संसार का स्वामी

बनाकर राहज़न[1] को राहबर[2] हमने दिखाया है
बुराई में भलाई का हुनर हमने दिखाया है

हमेशा उसने मक्कारी से जीता है ज़मीनों को
मुहब्बत से दिलों को जीतकर हमनें दिखाया है

हमीं को शौक़ था हक़[3] बात को हक़ बात कहने का
जहाँ के हर सितम[4] को अपना घर हमने दिखाया है

तुम्हारे इश्क़ में दावा है सब को जान देने का
तुम्हारे इश्क़ में मर कर मगर हमने दिखाया है

हमारी भी है कुछ कोशिश तिरे बनने-सँवरने में
कि तुझको आईना भी उम्र-भर हमने दिखाया है

1- मार्ग का लुटेरा 2- मार्ग दर्शक 3- सत्य 4- अत्याचार

तुम्हारें पाँव के काँटे भी हमने ही निकाले हैं
तुम्हें रस्ता भी हर-हर मोड़ पर हमने दिखाया है

हवाओं ने दियों से छीन ली जब रौशनी 'आज़र'
तिरी महफ़िल में जलकर ता-सहर[5] हमने दिखाया है

हैं इसी वज्ह[1] से लोगों में सवालों की तरह
हम अँधेरों में भी जीते है उजालों की तरह

कौन आँखों से चुराता है मिरी नींदों को
कौन तन्हाई में आता है ख़यालों की तरह

फूल गुलशन के हसीं हैं मगर इतने भी नहीं
आपके लब की तरह आपके गालों की तरह

कोई सूरत नहीं मिलती है सुलझने वाली
ज़िन्दगी है तिरे उलझे हुए बालों की तरह

काम करते हैं जो अच्छाई के इस दुनिया में
नाम उन्हीं के लिए जाते हैं मिसालों की तरह

1- कारण

तारा तारा शब

दौरे-हाज़िर[2] की अगर नब्ज़ न पढ़ पाए तो
हम पढ़े जाएँगे इक रोज़ हवालों[3] की तरह

हमने देखी वो सियासत की नज़र भी 'आज़र'
मुल्क बँट जाते हैं जब टुकड़ों निवालों[4] की तरह

2- वर्तमान काल 3 - उदाहरण 4 - कौर, ग्रास

हर्फ़[1] से लफ़्ज़ बनूँ और सुख़न[2] हो जाऊँ
तू पढ़े मुझको तो मैं मीर का फ़न[3] जो जाऊँ

बे-हिसी[4] ने मुझे पत्थर का बना रक्खा है
तेरी साँसें मुझे छू लें तो बदन हो जाऊँ

मेरी चाहत तिरे दिल में रहूं धड़कन बन कर
तेरी ख़्वाहिश है कि बिस्तर की शिकन हो जाऊं

सर्द हूँ बर्फ़ की मानिंद[5] न जाने कब से
तू जो छू ले मुझे इक बार तपन हो जाऊँ

राह में बिखरी हुई ख़ाक की सूरत हूँ मैं
तू जो चाहे तो सिमट जाऊँ बदन हो जाऊँ

1- अक्षर 2- वार्तालाप, काव्य 3- शैली 4- अनुभूति शून्यता 5- प्रकार, तरह

तारा तारा शब

मैं हूँ इक उजड़े हुए बन[6] की तरह बरसों से
तेरी साँसों से महक जाऊँ चमन हो जाऊँ

कुर्बे-जानाँ[7] जो मयस्सर[8] हो तो इक़बाल 'आज़र'
राह की ख़ाक से मैं मुश्के-ख़ुतन[9] हो जाऊँ

6- वन, जंगल 7- प्रेयसी का सामीप्य 8- उपलब्ध 9- ख़ुतन नामक स्थान के मृग की कस्तूरी की सुगन्ध

हौसला रखता जो वो गिर कर सँभल जाता ज़रूर
मुश्किलों के दौर से हँस कर निकल जाता ज़रूर

छू लिया होता अगर उसके दरे-एहसास[1] को
चाहे जितना संग-दिल था वो पिघल जाता ज़रूर

उससे अपने प्यार का इज़्हार[2] करना था तुझे
वो भी तेरे प्यार के साँचे में ढल जाता ज़रूर

धूप-छाँव की तरह होता है ये गर्दिश[3] का दौर
सामना हिम्मत से तू करता तो टल जाता ज़रूर

इम्तिहाँ[4] की भट्टियों का ख़ौफ़ ले डूबा उसे
आग में तपकर निकल आता तो ढल जाता ज़रूर

1- संवेदना का द्वार 2- प्रकट 3- चक्कर 4- परीक्षा

तारा तारा शब

थी तलब[5] आज़ाद रहने की मरा वो इसलिए
गर[6] क़फ़स[7] की क़ैद में रहता तो पल जाता ज़रूर

छोड़कर तदबीर[8] को तक़दीर पर रोता रहा
वरना 'आज़र' जंग का मंज़र बदल जाता ज़रूर

5- चाह 6- यदि 7- पिंजरा 8- उपाय

जब आए मौसम मुहब्बतों का ये तौर[1] तुम इख़्तियार[2] करना
कि अपनी मासूमियत से मेरे निगाहो-दिल का हिसार[3] करना

तिरे बिछड़ने के बाद जानाँ[4] अजीब मसरूफ़ियत[5] है मेरी
कभी-कभी ख़ुद से रूठ जाना, कभी-कभी ख़ुद से प्यार करना

बस एक शब ही मक़ीं[6] हुआ था वो ख़ेमा-ए-ख़्वाब[7] में हमारे
है मश्ग़ला[8] तब से उसकी चाहत का तज़्किरा[9] बार-बार करना

सियाह सोचों को नूर[10] से हम-किनार[11] करना भी है ज़रूरी
कि मुझसे मिलने की आरज़ू में अगर तवाफ़े-दयार[12] करना

जो कल तलक गर्दे-कारवाँ[13] थे वो पेश मंज़र[14] में आ गये हैं
ये मरहला[15] इम्तिहान का है करम[16] मिरे किर्दगार[17] करना

1- शैली, आचरण 2- अपनाना 3- घेरा डालना 4- प्रेयसी 5- व्यस्तता 6- निवासित 7- ख़्वाब रूपी तंबू
8- उद्यम 9- चर्चा 10- तेज, प्रकाश 11- गुंफित, समआलिंगित 12- घर की परिक्रमा 13- यात्री दल की धूल
14- दृश्य पटल 15- कठिन काम 16- दया 17- ईश्वर

ज़हीन लोगों की महफ़िलों[18] में ये एहतियातें भी लाज़मी[19] हैं
तवील मौज़ू-ए-गुफ़्तगू[20] का कभी-कभी इख़्तिसार[21] करना

ये काम तुझको नहीं है ज़ेबा[22] तिरे बड़ों की रविश[23] नहीं ये
किसी की पगड़ी उछाल देना किसी की इज़्ज़त पे वार करना

बस अब तो घर लौट जाओ अपने कि इतनी आवारगी बहुत है
दयारे-शब[24] में भटकते रहना भी ख़ुद को है बे-दयार[25] करना

मुसाफ़िराने-रहे-वफ़ा[26] को ये मशवरा है हमारा 'आज़र'
सफ़र में तुम पेश आने वाली अज़ीयतें[27] मत शुमार करना

18- सभा 19- आवश्यक 20- वार्तालाप के विषय का विस्तार 21- संक्षिप्त 22- शोभा 23- आचार,व्यवहार,
पद्धति 24- रात्री का समय (स्थान) 25- स्थान (आवास) रहित 26- वचन निभाने वाले यात्री 27- कष्ट

❀

जिस्म नाज़ुक, आँख साग़र[1] उफ़! वो कंगन की खनक
कर गई मदहोश मुझको उसकी ज़ुल्फ़ों की महक

पुर-कशिश[2] है वो किसी दुल्हन की सूरत अब तलक
कम नहीं इस उम्र में भी उसके चेहरे का नमक

वो मिरे नज़दीक से गुज़रा है ख़ुशबू की तरह
मेरे दिल पर हो रही है उसके क़दमों की धमक

जब भी शहरे-इश्क़[3] पर मौसम जुनूँ का छा गया
दिल हमारा आग के दरिया में कूदा बे-धड़क

अपनी जानिब खींचता था दिल को हर उज़्वे-बदन[4]
तेरी अंगड़ाई को मैं भूला नहीं हूँ आज तक

मेरे दिल में आरज़ूएँ करवटें लेने लगीं
तेरी ख़ाकी जिस्म से आती है कस्तूरी महक

1- जाम, शराब का पियाला 2- प्रेम-नगर 3- पागलपन 4- शरीर का अंग-अंग

तारा तारा शब

शब ने बाहें क्या पसारीं हमने पलकें मूँद लीं
ख़्वाब की दहलीज़ पर आ जाइए अब बे-झिझक

दिल की इस ख़्वाहिश ने मुझको आज तक ज़िन्दा रखा
हाथ में हो हाथ तेरा दूर तक सूनी सड़क

तू अगर महफ़ूज़ है तो धड़कनें क्यों हैं ख़मोश
तू अगर ज़िन्दा है सीने में तो फिर ऐ दिल! धड़क

हिज्र[5] के आलम[6] में दिल की पूछ मत कैफ़ीय्यतें[7]
जैसे बुझते दीप की लौ जैसे शोले की लपक

रात-भर बेदार[8] रखती हैं तिरी यादें मुझें
सुब्ह-दम[9] सोने नहीं देती है चिड़ियों की चहक

बज़्म[10] में 'आज़र' की जानिब इस तरह मत देखिए
इस तरह तो शोला-ए-एहसास[11] जाएगा भड़क

5- वियोग 6- दशा 7- हालत 8- जागृत 9- प्रातःकाल 10- सभा 11- भावनाओं का अंगार

मिज़ाज[1] लाख मुख़ालिफ़ सही हवाओं का
चराग़ जल के रहेगा मिरी वफ़ाओं का

हवास[2] खोने लगे ज़ुल्मतों[3] के सौदागर
असर है ये मिरे माँ-बाप की दुआओं का

वफ़ा, ख़ुलूस[4] मुहब्बत की याद आती है
ख़याल ज़हन में आता है जब भी गाँओं का

ज़बाँ पे आएगी तशबीह[5] तेरी ज़ुल्फ़ों की
कहीं भी तज़्किरा[6] होगा अगर घटाओं का

शजर[7] ने छीन लिया पल में मेरा अज़्मे-सफ़र[8]
ज़रा सी देर सहारा लिया था छाँओं का

1- स्वभाव, मन 2- इंद्रियाँ 3- अँधेरों 4- निश्छलता 5- उपमा 6- चर्चा 7- वृक्ष 8- यात्रा का दृढ़ निश्चय

तारा तारा शब

सुनेगा जो भी हँसेगा वही मुहब्बत पर
करें भी किससे गिला[9] हम तिरी जफ़ाओं[10] का

बस इक ख़ुदा पे यक़ीं है हमारा ऐ 'आज़र'
हमारे ज़हनों पे क़ब्ज़ा नहीं ख़ुदाओं का

9- शिकायत 10- अन्याय

❀

हर एक गाम[1] पे गिरता रहा सँभलता रहा
मगर मैं तपते हुए रास्तों पे चलता रहा

मिज़ाज[2] वक़्त का हर एक पल बदलता रहा
कि महरे-ताबाँ[3] को ढलना था और ढलता रहा

मुझे था पासे-तअल्लुक़[4] मैं चुप रहा लेकिन
मिरे ख़िलाफ़ मिरा यार ज़हर उगलता रहा

सदाएँ आती रहीं पायलों के बजने की
शबे-फ़िराक़[5] का रंगे-फ़ज़ा[6] बदलता रहा

तिरे बग़ैर भी तन्हा नहीं रहा किसी पल
कि मेरा साया मिरे साथ-साथ चलता रहा

1- मार्ग 2- स्वभाव 3- ज्वलंत सूर्य 4- सम्बन्धों का ध्यान 5- वियोग की रात 6- वातावरण का रंग

मैं शे'र कहता रहा हिज्र⁷ की फ़ज़ाओं में
गुबार जितना था सीने में वो निकलता रहा

हवाएँ साज़िशें करती रहीं मगर 'आज़र'
मिरे चराग़ को जलना था और जलता रहा

तुझसे बिछड़ कर मेरे लिए मुश्किल था जीना मेरी माँ
तेरे लहू की हुरमत[1] की ख़ातिर हूँ ज़िन्दा मेरी माँ

आँखों की बारीक नसों से झलक रहा है दिल का लहू
फिर यादों की पुरवाई ने ज़ख़्म कुरेदा मेरी माँ

मुमकिन हो तो ये नज़्ज़ारा तू भी आकर देख कभी
मेरे काँधे झूल रहा है तेरा पोता मेरी माँ

तेरे ज़ानू[2] पर सर रख कर गहरी नींद में सोया हूँ
काश! हक़ीक़त बन जाए ये ख़्वाब सुहाना मेरी माँ

मेरे नफ़्स[3] में अब भी तेरे नफ़्स की हिद्दत[4] है मौजूद
मेरे चेहरे पर चस्पाँ[5] है तेरा चेहरा मेरी माँ

1- प्रतिष्ठा 2- जंघा 3- अस्तित्व, आत्मा 4- उष्णता 5- चिपका हुआ

यूँ तो हूँ मुद्दत से तेरे दामने-शफ़क़त[6] से महरूम[7]
तेरी दुआओं का लेकिन है मुझ पर साया मेरी माँ

खोया हुआ था दुनिया के हंगामों में जब तक थी तू
तेरा 'आज़र' तुझसे जुदा होकर है तन्हा मेरी माँ

6- दया का आँचल (ममता) 7- वंचित

तुमसे बिछड़ कर कैसे कटा है लम्हा-लम्हा दिन
करवट-करवट रात कटी है उलझा-उलझा दिन

आहिस्ता-आहिस्ता सूनी हो गई शाख़े-हयात[1]
इक-इक करके टूट रहा है पत्ता-पत्ता दिन

तेरी यादें रात के आँचल में जब बाँधी हैं
शबनम-शबनम आँखें महकीं क़तरा-क़तरा दिन

धुँदले-धुँदले ख़्वाब में तेरे वस्ल की रातों को
जाने कब से भटक रहा है सहरा-सहरा[2] दिन

ज़हन में धुँदला चेहरा होटों पर ख़ामोशी लिए
बस्ती-बस्ती घूम रहा है तन्हा-तन्हा दिन

तारा तारा शब

तेरा पैकर[3] मेरे तख़य्युल[4] में जब आया है
तेरी क़सम महसूस हुआ है महका-महका दिन

हिज्र[5] में तेरे कोई मंज़र[6] दिल को नहीं भाता
खोई-खोई शामो-सहर[7] है बिखरा-बिखरा दिन

रातों के ना-कर्दा[8] गुनाहों के इल्ज़ाम लिए
छुपा-छुपा फिरता है किससे सहमा-सहमा दिन

रोज़ाना का अब तो यही मा'मूल[9] है बस 'आज़र'
तारा-तारा शब कटती है, तिनका-तिनका दिन

3- आकृति 4- विचार, ध्यान 5- वियोग 6- दृश्य 7- संध्या और प्रातः 8- अकृत, नहीं किया हुआ 9- नित्य नियम

❀

एक चेहरा जो नुमायाँ[1] है कई चेहरों के बीच
रक़्स[2] करता है उसी का अक्स[3] आईनों के बीच

वो ख़यालों में जब आया हिज्र[4] के लम्हों के बीच
खलबली सी मच गई बे-जान सन्नाटों के बीच

बिन तिरे क्या हाल है जी का मिरे बतलाऊँ क्या
जैसे हो शमशान में कोई चिता लपटों के बीच

किसको फुर्सत है यहाँ समझे कोई औरत का दुःख
क्या ज़रूरत उसको ले आई है बाज़ारों के बीच

हर तरफ़ से पड़ रही है नोचने वाली नज़र
कितनी चीख़ें दब गईं पायल की झंकारों के बीच

पुर-कशिश[5] मंज़र नज़र को खींचता है अपनी सम्त
कौन ये अंगड़ाइयाँ लेता है महराबों[6] के बीच

उसकी आँखों की तपिश में दिल मिरा महफ़ूज़ है
जैसे हो कोई समन्दर[7] मुत्मइन[8] शोलों के बीच

1- स्पष्ट 2-नृत्य 3- प्रतिबिंब 4- वियोग 5- आकर्षक 6- दरवाज़े के ऊपर अर्ध मंडलाकार भाग 7- आग में पैदा होने वाला जानवर 8- निश्चिंत

गर्दिशे-दौराँ[9] न देख इस सम्त अपनी राह ले
मैं अभी बैठा हुआ हूँ अपनों-बेगानों के बीच

आज भी पहचान क़ाइम है हमेशा की तरह
मेरा सर रक्खा हुआ है आज भी शानों[10] के बीच

दुश्मनों से भी निभाता हो जो यारों की तरह
ख़ौफ़ क्योंकर हो भला फिर उसको तलवारों के बीच

चौदहवीं की रात में देखा जो सू-ए-आसमाँ[11]
आपका चेहरा नज़र आया हमें हालों[12] के बीच

रोज़ का मा'मूल[13] है ज़र्फ़[14] आज़माने के लिए
एक साग़र[15] रख दिया जाता है मयख़्वारों[16] के बीच

है यही बेहतर कि कह-सुन लें दरो-दीवार से
बोलो 'आज़र' जी करें क्या गुफ़्तगू बहरों के बीच

9- काल-चक्र, समय का चक्कर 10- काँधों 11- आकाश की ओर 12- प्रभा मंडल 13- नित्य नियम
14- आचरण 15- जाम, मदिरा का प्याला 15- समंदर 16- शराबी

सुनो! क्या प्यार करते हो जुनूँ के भी असर में हो?
अगर ऐसा ही है तो यार तुम गहरे भँवर में हो

अभी हिम्मत नहीं हारो अभी कुछ हौसला रक्खो
अभी मंज़िल कहाँ आई अभी तो तुम सफ़र में हो

ये माना दिल के हाथों आदमी मजबूर होता है
मगर ये ध्यान रखना तुम ज़माने की नज़र में हो

बताएँ क्या, बताने के नहीं हालात दुनिया के
बस इतना जान लो तुम ख़ैरियत से अपने घर में हो

अँधेरे मुँह छुपा लेते हैं तेरे नाम से अपना
तअज्जुब क्या तिरा परतौ[1] अगर शम्सो-क़मर[2] में हो

1- प्रकाश, आभा 2- सूर्य और चन्द्रमा

हर ऐसे-वैसे से हम दाद की ख़्वाहिश नहीं रखते
बस अपनी हर ग़ज़ल हर शे'र चश्मे-मो'तबर[3] में हो

मैं जिसके नाम से मन्सूब[4] हूँ 'आज़र' जमाने में
मिरा अंजाम जो भी हो उसी की रहगुज़र[5] में हो

3- विश्वसनीय दृष्टि 4-सम्बंधित 5- मार्ग

❁

मुहब्बतों की अदा का मुरीद[1] होते हुए
क़दीम[2] हूँ मैं मिज़ाजन[3] जदीद[4] होते हुए

चराग़ सीना-सिपर[5] हैं ये हौसला देखो
खुली फ़ज़ा में हवाएँ शदीद[6] होते हुए

मिरा सुख़न रहा महरूमे-गुफ़्तगू[7] अफ़सोस!
तिरी निगाह से गुफ़्तो-शुनीद[8] होते हुए

किसी नज़र पे भी ज़ाहिर नहीं हुआ फिर भी
वो सद्रे-महफ़िले-जाँ[9] है बईद[10] होते हुए

पड़ा जो वक़्त तो पेश आया अजनबी की तरह
हमारी ज़ात से वो मुस्तफ़ीद[11] होते हुए

1- अनुयायी 2- पुरातन 3- स्वभावतः 4- आधुनिक 5- डटकर मुक़ाबला करने वाला 6- प्रचंड 7- वार्ता से वंचित 8- बातचीत 9- जीवन्त सभा का अध्यक्ष 10- दूर, प्रथक 11- लाभान्वित

जो अहले-ज़र[12] हैं ज़रा उनकी भी ख़बर लें, जो
मसर्रतों[13] से हैं महरूम[14] ईद होते हुए

उमीद पर ही तो क़ाइम है ये जहाँ 'आज़र'
क्यों ना-उमीद रहूँ मैं उमीद होते हुए

12- धनवान 13- हर्ष 14- वंचित

❂

तेरे दीदार को तरस जाएँ?
क्यों न तेरी गली में बस जाएँ?

बोझ कितना उठाए फिरते हैं
बादलों से कहो बरस जाएँ

किसको अपनी सुनाएँ किसकी सुने
यार जब दूर देस बस जाएँ

कहीं ऐसा न हो कि कल हम लोग
आह भरने को भी तरस जाएँ

ऐसी परवाज़ पर है अब दुनिया
फ़िक्र[1] के पर जहाँ झुलस जाएँ

जा सकेगी न दिल से तेरी याद
दिन महीने ही क्या बरस जाएँ

1- चिंतन

तब खुले वलवला[2] असीरों[3] का
जब   दुरूने-दरे-क़फ़स[4]   जाएँ

अब के मौसम की तेज़ बारिश में
जाने कितने मकान खस[5] जाएँ

सोच मेरी जकड़ नहीं सकते
कह दो ज़ंजीर और कस जाएँ

वो ही घर के किवाड़ खोलती है
एक ख़त दर्ज़ में घुरस[6] जाएँ

हम कि 'आज़र' जवाब दे न सकें
बात बे-बात वो बरस जाएँ

2- उत्साह 3- बन्दी 4- पिंजरे के द्वार के अन्दर 5- ध्वस्त होना 6- ठूँसना, घुसाना

प्यार मुहब्बत बुग़्ज़ो[1]-नफ़रत हमने देखे-देखे सब
सब के दामन मैले-मैले काले-काले चेहरे सब

दीवानों से भटक रहे हैं हम सब अँधी गलियों में
धुँदली-धुँदली हर इक मंज़िल उलझे-उलझे रस्ते सब

ऐशो-इशरत[2] में तो जितने ग़ैर थे वो भी अपने थे
वक़्त मुसीबत का आया तो रिश्ते-नाते बदले सब

धोखा है बस एक नज़र का मल्बूसात[3] पे मत जाना
जितने तन के उजले हैं ये उतने मन के काले सब

बचपन का स्कूल, कबड्डी, गिल्ली-डंडा और तालाब
शहर से अपने गाँव गये तो ज़हन में नक़्शे उभरे सब

1- ईर्ष्या 2- भोग विलास और सुख-चैन 3- पोशाक, वस्त्र

तारा तारा शब

पत्रकार हों या नेता या ख़ाकी-वर्दी वाले हों
देश को है नुक़सान इन्हीं से देश के ये रखवाले सब

मरते दम तक आज़ादी का जश्न मनाएँगे 'आज़र'
मरते दम तब याद आएँगे देश पे मरने वाले सब

❋

खेल हो मरने का तो लगता है मर जाता हूँ मैं
इक यही किरदार[1] आसानी से कर जाता हूँ मैं

मुझको औरों से ग़रज़ क्या ज़िन्दगी तू ही बता
मैं अगर इल्ज़ाम हूँ तो किसके सर जाता हूँ मैं

मेरे अल्फ़ाज़ो-मआनी[2] में तफ़ावुत[3] है बहुत
बात इक कहता हूँ फिर कहकर मुकर जाता हूँ मैं

इतना ख़ुदसर[4] हूँ कि डरता भी नहीं अल्लाह से
वैसे इक हल्की सी आहट से भी डर जाता हूँ मैं

बे-ख़बर इतना हूँ ख़ुद अपना पता रखता नहीं
बे-ख़याल ऐसा कि मंज़िल से गुज़र जाता हूँ मैं

1- चरित्र 2- शब्द और अर्थ 3- अन्तर 4- उदंड, अवज्ञाकारी

तेरा तारा शब

उस गली में दिल का ख़तरा है तो है जाँ का भी ख़ौफ़
उस तरफ़ जाना नहीं अच्छा है पर जाता हूँ मैं

चेहरा-चेहरा नाचती है ईद के दिन सी ख़ुशी
ले के जब बच्चों की चीज़ें अपने घर जाता हूँ मैं

मुस्कुराए आईने को देख कर वो नाज़ से
वो करे है अपनी आराइश[5], सँवर जाता हूँ मैं

जाने-'आज़र' शाइरो, ऐ पासदाराने-अदब![6]
ये विरासत लो! तुम्हारे नाम कर जाता हूँ मैं

5- सजावट 6- सभ्यता के पक्षधर

❀

बुझने लगे हैं शाम से हम, जल उठे चराग़
फिर आ गई है शामे-अलम[1] जल उठे चराग़

कर कामयाब शामे-अलम जल उठे चराग़
काग़ज़ उठा सँभाल क़लम जल उठे चराग़

इक बे-कली[2] सी जिस्म में रहती है सारी रात
कब होगा जाने उनका करम[3] जल उठे चराग़

रंगीनियों से शाम बढ़ी नूर[4] की तरफ़
रौशन हुई है शम्ए-हरम[5] जल उठे चराग़

ख़ुद ख़त्म हो गई है मिरे घर की तीरगी
जब भी पड़े हैं उनके क़दम जल उठे चराग़

इस रौशनी में लोग न पहचान लें तुम्हें
अब बन्द भी करो ये सितम[6], जल उठे चराग़

मैं जानता हूँ तुझ पे ही इल्ज़ाम आएगा
कैसे करूँ मैं ज़ख़्म रक़म[7] जल उठे चराग़

1- दुख की संध्या 2- व्याकुलता 3- कृपा 4- प्रकाश 5- धर्मस्थल की ज्योति 6-अत्याचार 7- लिखना

 तारा तारा शब

लिख दीजिए ये रात भी बेदारियों[8] के नाम
जागे हैं पत्थरों के सनम, जल उठे चराग़

अश्कों को पी रहा हूँ मगर दिल में आग है
तूफ़ान ले रहा है जनम जल उठे चराग़

दिल भी अगर बुझा हो तो कीजे ख़ुशी की बात
रखना है रौशनी का भरम जल उठे चराग़

मिटने लगी हैं ज़हन से शब की सियाहियाँ
रौशन हुए हैं आपके ग़म जल उठे चराग़

अब कुछ नहीं उमीद शबे-इंतिज़ार की
जागे हैं अहले-दैरो-हरम[9] जल उठे चराग़

अल्फ़ाज़ हाथ जोड़ के आए हैं सफ़-ब-सफ़[10]
'आज़र' उठाओ तुम भी क़लम जल उठे चराग़

कहीं सहमे हुए लहजे, कहीं बिफरे हुए तेवर
नज़र को बोझ सा लगने लगा दुनिया का हर मंज़र

कहीं कोई तो हो बस्ती में मेरे नाम से वाक़िफ़
मैं ख़ुद को ढूँढ़ता फिरता हूँ अपनी ज़ात से बाहर

तुम्हारा ही तसव्वुर है मिरी दुनिया मिरा उक़बा[1]
तुम्हारा ही तसव्वुर है मिरा मरकज़ मिरा महवर[2]

हमारे बाद कोई भी नहीं शे'रों का रखवाला
किताबों ही में इक दिन दफ़्न हो जाएँगे ये जौहर

मुझे मालूम है क्यों आईने ग़ायब है मंज़र से
उन्हें मालूम था हाथों में मेरे आ गये पत्थर

1- यमलोक, प्रलय का दिन 2- केन्द्र

जहाँ मक्क़ार बसते हों जहाँ इंसाफ़ बिकता हो
क़यामत टूट पड़नी चाहिए ऐसे क़बीलों पर

कहाँ जाएँ किधर जाएँ समझ में कुछ नहीं आता
कि अब तन्हाइयों में भी सुकूँ मिलता नहीं 'आज़र'

अभी तक याद है मुझको मिरा गुज़रा हुआ बचपन
खिलौनों के बिछाए जाल में उलझा हुआ बचपन

बहुत से ख़्वाब आँखों में लिए फिरता हुआ बचपन
कहीं डरता हुआ बचपन कहीं सहमा हुआ बचपन

हलाकत-ख़ेज़[1] कितना हो गया है बोझ बस्ते का
कहीं धुँदला गई आँखें कहीं दोहरा हुआ बचपन

इलाही[2] नग़मा-ओ-मंज़र[3] की आँधी तेज़ है कितनी
मुक़य्यद[4] घर में होकर रह गया खिलता हुआ बचपन

बड़ी हसरत[5] से तकता है सड़क की हर सवारी को
ये फुटपाथों पे अपने आप ही पलता हुआ बचपन

मुझे कैसे लगे अच्छा उठें मौजें[6] समुन्दर में
निगाहों में बसा रहता है जब ठहरा हुआ बचपन

1- मार डालने जैसा 2- ईश्वर 3- गीत एवं दृश्य 4- क़ैद, बंदी 5- लालसा 6- लहरें

तारा तारा शब

कहाँ बातें बुज़ुर्गों की असर-अंदाज़[7] होती हैं
नई तहज़ीब[8] के इस दौर में बहरा हुआ बचपन

वो बतलाएगा, कैसे ख़्वाहिशों ने ख़ुदकुशी की है
वहाँ, ज़रदार[9] की दहलीज़[10] पर बैठा हुआ बचपन

क़मर[11] को ग़ौर से देखूँ तो उसमें भी नज़र आए
कोई सिमटा, सिकुड़ता सा कोई डरता हुआ बचपन

बड़ो की बे-हिसी[12] ने जो विरासत में दिया इनको
उसी भटकाव में, उलझाव में घुटता हुआ बचपन

वो कम-सिन है जवाँ होने का ख़ुद इज़्हार[13] करता है
ग़रीबी, बे-बसी[14] से जंग इक लड़ता हुआ बचपन

हथेली पर मशक़्क़त[15] के निशानों को छुपाता है
दुकानों पर खिलौनों को कहीं तकता हुआ बचपन

7- प्रभाव डालने वाली 8- सभ्यता 9- धनवान 10- चौखट 11- चन्द्रमा 12- लापरवाही, अनुभूति शुन्यता
13- प्रकट 14- निः सहायता 15- परिश्रम

कई मंज़र[16] उभर आते हैं आँखों में बुज़ुर्गों की
किसी तस्वीर में दिखता है जब सिमटा हुआ बचपन

बजाए एक के दो कर दिया बचपन सियासत ने
कहीं खिलता हुआ बचपन कहीं बुझता हुआ बचपन

हर इक जानिब[17] बहुत आलूदगी[18] है आज मौसम में
हवा ऐसी चले हर सम्त[19] हो महका हुआ बचपन

इसी उम्मीद पे आँखें लगी रहती हैं उस जानिब
किसी खिड़की से शायद झाँक ले बदला हुआ बचपन

सियासत की नदी भी एक दिन वो पार कर लेगा
दिखाई आज जो देता है इक ठहरा हुआ बचपन

ख़ुदा की रहमतें[20] चाहो तो सर पे हाथ रख देना
नज़र आए अगर तुमको कहीं रोता हुआ बचपन

16- दृश्य 17- ओर 18- अपवित्रता 19- दिशा 20- कृपाएँ 21- आदर्श

 तारा तारा शब

ख़ुदा कुछ तो समझ दे दे समाजी रहनुमाओं को
ज़रा सा सोच लें क्यों आज है भटका हुआ बचपन

सितारों की तरह रौशन दिखेगा मुल्क ये अपना
यहाँ जिस दिन दिखेगा हर तरफ़ हंसता हुआ बचपन

यक़ीनन पाएगा इक दिन मिसाली[21] ज़िन्दगी 'आज़र'
ये पिछली सफ़[22] में इक मायूस सा पढ़ता हुआ बचपन

22- पंक्ति

❁

दर[1] नहीं पर साया-ए-दर[2] साथ है
बे-घरी[3] का सारा मंज़र साथ है

ज़िन्दगानी के सफ़र में उसकी याद
साए की सूरत बराबर साथ है

कितने ही तन बे-सरी[4] का हैं शिकार
आज भी लेकिन मिरा सर साथ है

दूर तक बे-सायबानी[5] है मगर
दश्त[6] की वुसअत[7] में ख़ावर[8] साथ है

चाँदनी हैरत में है ये देख कर
नूर[9] सा शफ़्फ़ाफ़[10] पैकर[11] साथ है

सच ये है उनसे बिछड़ जाने के बाद
रब्त[12] दिल से कुछ नहीं पर साथ है

1- द्वार 2- द्वार की छाया 3- निवास विहीनता 4- शीष विहीनता 5- छत विहीनता 6- निर्जन 7- विस्तार
8- सूर्य 9- तेज, प्रकाश 10- निश्चल 11- आकृति 12- सम्पर्क

तारा तारा शब

लद गया सरमाया-दारी[13] का निज़ाम[14]
आज भी लेकिन वो तेवर[15] साथ है

फ़ासलों को मुख़्तसर[16] किसने किया
कौन आख़िर शोबदा-गर[17] साथ है

हम सफ़र है तेरी यादों का हुजूम[18]
तू नहीं तो दामने-तर[19] साथ है

इश्क़ आमादा[20] है हिजरत[21] के लिए
ख़्वाहिशों का एक लश्कर[22] साथ है

फ़िक्र से बे-फ़िक्र रहना दम-ब-दम[23]
जब तलक ऐ दोस्त! 'आज़र' साथ है

13- पूंजीवाद 14- व्यवस्था 15- अकड़ वाली शैली 16- संक्षिप्त 17- जादूगर 18- झुण्ड 19- भीगा हुआ आँचल 20- तैयार 21- वतन छोड़ना 22- दल 23- हर क्षण

हो गया जब आदमी हैवान[1] सा
बन गया हर शहर क़ब्रिस्तान सा

मैं भी हूँ उजड़ा हुआ दिल की तरह
दिल भी है मेरी तरह वीरान सा

उसके चेहरे से नज़र हटती नहीं
वो मुकम्मल[2] मीर के दीवान[3] सा

जब भी मेरे सामने आता है वो
दिल में उठता है कोई तूफ़ान सा

आईना अपने मुक़ाबिल[4] रख के मैं
तकता रहता हूँ उसे हैरान सा

1- जानवर 2- सम्पूर्ण 3- काव्य-संग्रह 4- सम्मुख

कर रहा है क़ाफ़िलों[5] की रहबरी[6]
एक पत्थर बे-हिसो-बे-जान[7] सा

काम सारे ग़ैर-क़ानूनी करे
ख़ुद को समझे है मगर भगवान सा

या इलाही भेदभाव भूलकर
सब का दिल हो जाए हिन्दुस्तान सा

बन गया 'आज़र' शरीके-ज़िन्दगी[8]
घर में जो आया था इक मेहमान सा

5- यात्री दल 6- मार्ग-दर्शन 7- अनुभूति शून्य 8- जीवन -साथी

❈

जिसने आँखें दीं मुझे मंज़र[1] दिया
मेरे शानों[2] को उसी ने सर दिया

पहले इक ज़हने-रसा[3] बख़्शा[4] मुझे
फिर मिरी हर सोच को शहपर[5] दिया

बाद में सर पर रखा इक आसमाँ
पहले मुझको ख़ाक[6] का बिस्तर दिया

उसको मंज़िल से किया है हम-कनार[7]
मेरे पैरों को मगर चक्कर दिया

एक ही काबा दिया रब ने मुझे
इक सहीफ़ा[8] एक ही रहबर[9] दिया

1- दृश्य 2- काँधों 3- हर जगह पहुँचने वाली बुद्धि 4- प्रदान किया 5- पक्षी का बाज़ू, डेना 6- धूल, मिट्टी
7- समालिमगित, गुंफित 8- दैवीय पुस्तक 9- मार्ग-दर्शक

पहले बख़्शी आतिशे-तिश्नालबी[10]
तिश्नगी[11] को फिर मिरी सागर दिया

सादगी बख़्शी मिरे दिल को मगर
उस नज़र को फ़न्ने-बाज़ीगर[12] दिया

हो रहा हूँ इसलिए मैं सर-फ़राज़[13]
उसने मुझको सर दिया इक दर दिया

उसकी इक चश्मे-इनायत[14] ने मुझे
शे'र की दुनिया में 'आज़र' कर दिया

❁

उसकी क़ुरबत[1] का नशा कुछ और है
हिज़्र[2] का लेकिन मज़ा कुछ और है

चाँद तेरी चाँदनी अपनी जगह
उसके चेहरे की ज़िया[3] कुछ और है

वो ये कहता है मुहब्बत है ख़ुदा
लेकिन अपना तज्रिबा[4] कुछ और है

है हिसारे-चश्मे-जानाँ[5] भी कमाल
बाज़ुओं का दायरा कुछ और है

अपने दिल का मसअला जानूँ मैं ख़ुद
उसके दिल का माजरा कुछ और है

1- सानिध्य 2- वियोग 3- प्रकाश, तेज 4- अनुभव 5- प्रेयसी की आँखों का घेरा

है चराग़े-दिल का मसरफ़[6] और कुछ
और मिट्टी का दिया कुछ और है

काश सच हो जो ख़बर देते हैं लोग
देख लेना तुम हुआ कुछ और है

ये ज़माना फूल खिलने का नहीं
मक़सदे-बादे-सबा कुछ और है

तूने ऐ 'आज़र'! ये समझा ही नहीं
इश्क़ कुछ है और वफ़ा कुछ और है

❀

मेरे नज़दीक वो आना भी नहीं चाहते हैं
और आ जाएँ तो जाना भी नहीं चाहते हैं

रुख़[1] से पर्दे को उठाना भी नहीं चाहते हैं
और वो हमको सताना भी नहीं चाहते हैं

दर-ब-दर[2] होने का एहसास भी रहता है मगर
हमसे[3] उश्शाक़[4] ठिकाना भी नहीं चाहते हैं

रूठने पर मिरे आता है उन्हें लुत्फ़[5] बहुत
इसलिए मुझको मनाना भी नहीं चाहते हैं

ये भी चाहत है कि अशआर[6] लिखूँ मैं उनपर
रू-ब-रू वो कभी आना भी नहीं चाहते हैं

1- मुख 2- एक द्वार से दूसरे द्वार भटकना 3- हम जैसे 4- प्रेमी 5- आनन्द 6- शे'र का बहुवचन

छोड़ो! मत पूछो मियाँ तर्के-तअल्लुक़[7] का सबब[8]
हम तुम्हें याद दिलाना भी नहीं चाहते हैं

सर में सौदा[9] लिए फिरते हैं मुहब्बत का मगर
ज़ख़्म दिल पर कोई खाना भी नहीं चाहते हैं

सज्दा-रेज़ी[10] के लिए एक ही दर है काफ़ी
हर जगह सर को झुकाना भी नहीं चाहते हैं

ये भी ख़्वाहिश है कि दामन हो मुअत्तर[11] 'आज़र'
हिज्र[12] में अश्क बहाना भी नहीं चाहते हैं

7- सम्बन्ध विच्छेद 8- कारण 9- पागलपन 10- शीष छुकाना 11- सुगन्धित 12-वियोग

❋

फ़ोन की बचती हैं जब-जब घंटियाँ
जल ही जाती हैं तवे पर रोटियाँ

जब सँवरती हैं कुँवारी लड़कियाँ
आईने भरते हैं उस दम सिसकियाँ

गूँजती हैं घर में जब किलकारियाँ
और बढ़ जाती हैं जिम्मेदारियाँ

दूसरों पर मत उठाओ उंगलियाँ
अपने अंदर भी तलाशो ख़ामियाँ

छूती रहती हैं तिरे रुख़सार को
कितनी ख़ुश-क़िस्मत हैं तेरी बालियाँ

शौक़ पूरा कर लिया तख़रीब[1] का
अब करो ता'मीर उजड़ी बस्तियाँ

मुख़्तलिफ़ फूलों से लुत्फ़-अंदोज़[2] हैं
मनचली हैं किस क़दर ये तितलियाँ

1- विनाश, विध्वंस 2- आनन्दित होना

हम तरसते हैं उजालों के लिए
खोल भी दीजेगा अपनी खिड़कियाँ

जब भी बे-पर्दा वो बाहर आए हैं
कितने ही दामन हुए हैं धज्जियाँ

दिल दुखाओगे अगर माँ-बाप का
हाथ आएगी तुम्हारे पस्तियाँ

ज़हनो-दिल सैराब[3] हो जाएँगे अब
जम के बरसी हैं ग़मों की बदलियाँ

यक-ब-यक बदला है मौसम ने मिज़ाज
जब कभी खनकी हैं उनकी चूड़ियाँ

क़त्ल का सामाँ[4] हैं 'आज़र' के लिए
ये अदाएँ और ये तेरी शोख़ियाँ[5]

3- तृप्त 4- सामान, सामग्री 5- चंचलता

जवाँ-साली[1] गुलाबों की तरह है
मगर ये भी सराबों[2] की तरह है

तिरा हर लफ़्ज़ जैसे इक इबारत[3]
हर इक जुमला किताबों की तरह है

वो दो आँखें सितारों जैसी रौशन
वो चेहरा माहताबों[4] की तरह है

तिरी दूरी गुनाहों की तरह थी
तिरी क़ुरबत[5] सवालों की तरह है

सुलग कर उंगलियाँ ये चीख़ उट्ठीं
ये आरिज़[6] आफ़ताबों[7] की तरह है

तारा तारा शब

तिरी हर याद तन्हाई की शब में
मिरे आवारा ख़्वाबों की तरह है

बिना तेरे तुझे मैं क्या बताऊँ
हर इक लम्हा अज़ाबों[8] की तरह है

तिरी बातों में मिसरी जैसी लज़्ज़त
तिरा चेहरा रबाबों[9] की तरह है

जिसे कहती है 'आज़र' सारी दुनिया
वो ज़र्रा आफ़ताबों की तरह है

8- आपदा 9- एक प्रकार का बाजा

❁

चराग़े-अज़्म[1] जलना चाहता है
हवा का रुख़[2] बदलना चाहता है

मशीयत[3] दे रही है दिल पे दस्तक
कोई घर से निकलना चाहता है

किसी के हुस्न का रंगी सरापा[4]
मिरी ग़ज़लों में ढलना चाहता है

बस अब संजीदगी लाज़िम है मुझ पर
वो मेरे साथ चलना चाहता है

बहुत दो-चार होगा मुश्किलों से
जो आसाइश[5] में पलना चाहता है

1- दृढ़ निश्चय रूपी दीपक 2- दिशा 3- ईश्वर की इच्छा 4- सर से पाँव तक 5- भोग विलास

यक़ीनन खाएगा फिर कोई धोका
वो फिर चेहरा बदलना चाहता है

तिरी निस्बत[6] किसी सूरज से होगी
अँधेरों को मसलना चाहता है

सहारों की नहीं उसको तमन्ना
उठेगा, ख़ुद सँभलना चाहता है

बचूँ कैसे तिरी यादों का अजगर
मुझे 'आज़र' निगलना चाहता है

❋

यही एहसास[1] सरे-कुलजुमे-जाँ[2] तैरता है
ज़हन में क्यों तिरा हर वक़्त गुमाँ[3] तैरता है

ज़ेरे-अफ़्लाक[4] ख़लाओं[5] में कहाँ तैरता है
दिल सुलगता है तो आँखों में धुआँ तैरता है

जाने कब आईना बन जाए सुख़न[6] की सूरत[7]
बहरे-तख़ईल[8] में इक हुस्ने-जवाँ[9] तैरता है

रौशनी ढूँढ़ने वालों को ये मालूम नहीं
अब चराग़ों में अँधेरों का गुमाँ तैरता है

ज़िन्दगी धूप के दरिया में है ग़लताँ[10] कब से
कोई बतलाए हमें अब्र[11] कहाँ तैरता है

इश्क़ के बहर[12] में डूबा है जो उभरा है वही
जिस जगह डूबना लाज़िम[13] हो वहाँ तैरता है

1- भाव, संवेदना 2- प्राणों के सागर पर 3- भ्रम 4- आकाश के नीचे 5- अंतरिक्ष 6- काव्य 7- प्रकार, तरह
8- विचारों का सागर 9- सुन्दर यौवन 10- लुढ़कता हुआ 11- बादल 12- सागर 13- आवश्यक

तारा तारा शब

इस हक़ीक़त से कहाँ आशना[14] कोई तैराक
वहीं ग़रक़ाब[15] भी होता है जहाँ तैरता है

जाने किस वक़्त कोई मौज[16] इसे गुल[17] कर दे
ख़ून की मौजों पे इक शोला-ए-जाँ[18] तैरता है

पहले होता है रवाँ[19] सिलसिला-ए-जुल्मो-सितम[20]
फिर फ़ज़ाओं[21] में कहीं लफ़्ज़े-फुग़ाँ[22] तैरता है

नींद से सब को जगाता है इबादत के लिए
सुब्ह की झील में जो लफ़्ज़े-अज़ाँ[23] तैरता है

ज़हन में उनसे मुलाक़ात की ख़्वाहिश 'आज़र'
इक यक़ीं[24] है जो ब-अंदाज़े-गुमाँ[25] तैरता है

14- परिचित, भिज्ञ 15- डूबा हुआ 16- लहर 17- बुझा 18- जीवन ज्योति 19- चलायमान 20- अत्याचार और अन्याय का क्रम 21- वातावरण 22- आर्तनाद के शब्द 23- अज़ान के शब्द 24- विश्वास 25- भ्रम के रूप में

❉

जब भी ज़बाँ हम खोलेंगे
सच को सच ही बोलेंगे

लफ़्ज़ को पहले तोलेंगे
बाद में हम लब खोलेंगे

हम जब उर्दू बोलेंगे
कानों में रस घोलेंगे

कोई हमें पुकारे तो
साथ उसी के हो लेंगे

अब तेरी यादों के लिए
बाबे-दिल[1] नहीं खोलेंगे

अपने साथ तो हँसने दो
तन्हाई में रो लेंगे

1- दिल का द्वार

तर्के-तअल्लुक़[2] के सब राज़
रफ़्ता-रफ़्ता   खोलेंगे

जब तू याद न आएगा
हम भी चैन से सो लेंगे

हैं हमको मतलूब[3] जहाँ[4]
एक नहीं हम दो लेंगे

आदत है, दीवाने हैं
तेरे ग़म भी ढो लेंगे

अश्के-नदामत[5] से 'आज़र'
दाग़ो-इस्याँ[6]   धो   लेंगे

2- सम्बन्ध विच्छेद 3- वांछित 4- संसार 5- पश्चाताप के आँसू 6- पाप के धब्बे

❋

कहीं खिड़की कहीं दर उग रहे हैं
जिधर देखो उधर घर उग रहे हैं

दरो-दीवार पर सब्ज़ा[1] बिछा है
मुँडेरों पर कबूतर उग रहे हैं

बड़ी ज़र-ख़ेज़[2] है मिट्टी यहाँ की
सुख़न-वर[3] ही सुख़न-वर उग रहे हैं

कहीं बाज़ू से रूठी हैं उड़ानें
कहीं बाज़ू में शहपर[4] उग रहे हैं

जबीने-वक़्त[5] पर जिस सम्त[6] देखो
बड़े सफ़्फ़ाक[7] तेवर उग रहे हैं

1- हरियाली 2- उपजाऊ 3- वाचक, कवि 4- पक्षियों का डेरा 5- समय का ललाट 6- ओर, दिशा 7- रक्तपाती, निष्ठुर

तारा तारा शब

फ़राज़े-दार[8] पर हद्दे-नज़र[9] तक
मुक़द्दर के सिकन्दर उग रहे हैं

ख़ुदारा ख़ैर हो इल्मो-हुनर की
हुनर-वर ही हुनर-वर उग रहे हैं

मैं पलकों पर इन्हें रोके हुए हूँ
मिरे अन्दर समुन्दर उग रहे हैं

हमारे घर ये 'आज़र' कौन आया
मसर्रत-ख़ेज़[10] मंज़र उग रहे हैं

8- सूली के शिखर पर 9- दृष्टि की पहुँच 10- हर्ष-वर्दक

❀

ख़ुद्दार[1] है मुझ सा मुझे अपना सा लगे है
दरिया के किनारे भी जो प्यासा सा लगे है

ये हाल है कि शहर भी सहरा[2] सा लगे है
अब अपने घर में भी मुझे ख़तरा सा लगे है

इतने फ़रेब[3] खाए कि जाता रहा यक़ीं[4]
किरदार[5] हर इक शख़्स का दोहरा सा लगे है

जिस अजनबी से वास्ता कुछ भी नहीं था कल
अब दिल में बस गया है वो अपना सा लगे है

मैं ख़ुद को भूल बैठा हूँ उसकी तलाश में
अब तेज़ धूप भी मुझे साया सा लगे है

1- स्वाभिमानी 2- मरुस्थल 3- धोखा 4- विश्वास 5- चरित्र

अब मुझसे मेरी प्यास की शिद्दत न पूछिए
दरिया भी सामने हो तो क़तरा सा लगे है

'आज़र' यूँ प्यार करता हूँ हर एक शख़्स से
हर एक शख़्स में तिरा जलवा सा लगे है

अभी मंज़िल पे तू पहुँचा कहाँ है
तुझे मालूम है रस्ता कहाँ है

तिरे चेहरे की रंगत से है ज़ाहिर[1]
अभी तू इश्क़ में टूटा कहाँ है

है इसमें जान जाने का भी ख़तरा
ये सौदा इश्क़ का सस्ता कहाँ है

यक़ीनन होश खो बैठेगा अपना
अभी तूने उसे देखा कहाँ है

हमारी क़द्र अब कोई करे क्यों
हमारे पास अब ओहदा कहाँ है

किनारा क्यों न करते दोस्त आख़िर
हमारी जेब में पैसा कहाँ है

1- प्रकट

तू इक दिन सबका आईना बनेगा
अभी तू टूटकर बिखरा कहाँ है

इबादत में ज़रूरी है अक़ीदत[2]
कहाँ दिल और तिरा सज्दा कहाँ है

सियासत ने उसे भी डस लिया क्या
वो जैसा पहले था वैसा कहाँ है

ग़ज़ल तो ख़ूब कह डाली है तुमने
मगर वो मीर सा लहजा[3] कहाँ है

पड़ेगा इश्क़ में बर्बाद होना
कभी 'आज़र' ने ये सोचा कहाँ है

❁

है **मस्त-अलस्त**[1] अगर वो मलंग मैं भी हूँ
अगर वो मौज[2] है तो इक तरंग मैं भी हूँ

मिसाले-मुश्क[3] वो रहता है **नाफ़ा-ए-दिल**[4] में
वो इस पे होता है हैराँ तो दंग मैं भी हूँ

धनक[5] के रंगों से तेरा बदन बना है अगर
तो सब्ज़ा-ज़ारों[6] के दिल की उमंग मैं भी हूँ

तू सैले-आब[7] की मानिन्द[8] तेज़-रौ[9] है तो क्या
हवा की शक्ल[10] सदा तेरे संग मैं भी हूँ

है पासे-हुरमते-अस्लाफ़[11] हर क़दम वरना
मिसाले-मौजे-सबा[12] शोख़ो-शंग[13] मै भी हूँ

1- सदा से उन्मत्त 2- लहर 3- सुगन्ध के समान 4- हृदय के मध्य 5- इन्द्र धनुष 6- हरियाली स्थल 7- पानी की बाढ़ 8- प्रकार, तरह 9- शीघ्र गामी 10- समान 11- पुरखों की प्रतिष्ठा का ध्यान 12- वायु की लहर के समान 13- चंचल और चपल

तारा तारा शब

अगर वो मेरी वफ़ाओं से आ गया आजिज़[14]
गुरूरे-हुस्न[15] की फ़ितरत[16] से तंग मैं भी हूँ

मिरा क़बीला है जंगी रिवायतों[17] का अमीन[18]
अगर है तुझमें जसारत[19] दबंग मैं भी हूँ

मैं झुक न पाऊँगा हरगिज़ ये तू भी जानता है
हवा-ए-तुन्द[20] अगर तू है संग[21] मैं भी हूँ

किसी तरह भी किसी से मैं कम नहीं 'आज़र'
तुफ़ंग[22] वो है सरापा[23] ख़दंग[24] मैं भी हूँ

14- ऊब जाना 15- सौंदर्य का अभिमान 16- स्वभाव, प्रकृति 17- परम्परा 18- न्यासधारी 19- दुःसाहस
20- तेज़ हवा 21- पाषाण 22- बन्दूक़ 23- सर से पैर तक 24- बाण

❀

वो जो रूठे हैं मनाने जब उन्हें कल जाएँगे
जो रक़ीबाने-मुहब्बत[1] हैं वो सब जल जाएँगे

दिल पकड़ कर देखना बैठे मिलेंगे अहले-दिल[2]
बज़्म[3] में उनकी अदा के तीर जब चल जाएँगे

ऐ मिरे महबूब! तेरे जिस्म के ज़ेरो-ज़बर[4]
मो'तबर[5] हो जाऊँगा जब शे'र में ढल जाएँगे

क्यों न मुझको काली जुल्फें आपकी याद आएँगी
जब मिरी छत से गुज़र कर काले बादल जाएँगे

क्यों छुपा कर रख दिये हैं आप ने मेरे ख़ुतूत
गर[6] नमी आई तो ये होगा कि वो गल जाएँगे

1- प्रेम के प्रतिद्वन्दी (शत्रु) 2- दिल वाले 3- सभा 4- उतार-चढाव 5- विश्वसनीय 6- यदि

                                      तारा तारा शब

चाहे जितने दर्दो-ग़म आएँ कभी डरना नहीं
चार सज्दे दिल से कर लोगे तो सब टल जाएँगे

बस्तियाँ आबाद कर लेंगे ख़िरद[7] वाले मगर
दश्त[8] को आबाद करने हम से पागल जाएँगे

रात की दावत न दो सूरज को मेरे मेहरबाँ[9]
कहकशाँ[10] महताब[11] तारे सब के सब जल जाएँगे

सच बताऊँ तुमसे 'आज़र' ना-उमीदी[12] कुफ़्र[13] है
ये बुरे दिन भी हमें मालूम है टल जाएँगे

7- बुद्धि 8- जंगल 9- कृपालु 10- आकाश-गंगा 11- चन्द्रमा 12- निराशा 13- नास्तिकता

रखना तबाहियों का तू साया परे-परे
दरिया-ए-दर्द उनसे तू बहना परे-परे

अय्यामे-हिज्र[1] उनसे वो मिलने की आरज़ू
और बार-बार उनका वो कहना परे-परे

हम झुलसे उनकी याद के सूरज से उम्र-भर
और उनके गेसुओं का वो साया परे-परे

बस हाथ मल के रह गई आँखों की खेतियाँ
बादल भी उनके जलवों का बरसा परे-परे

तू मेरा हम-सफ़र ही सही इतना ध्यान रख
मिटने न पाए नक़्शे-पा[2] चलना परे-परे

1- वियोग के दिन 2- पाँव के चिह्न

हालाँकि हर कली की हिफ़ाज़त हमीं ने की
जो फूल भी खिला है वो महका परे-परे

हम भी खड़े थे कासा-ए-हसरत[3] लिए हुए
बाँटा उन्होंने हुस्न का सदक़ा[4] परे-परे

दुश्मन पे भी न आए ख़ुदा मुफ़्लिसी का दौर
आता है हर ज़बान पर जुमला परे-परे

'आज़र' यहाँ जो आया वो वापस नहीं गया
इस बारगाहे-हुस्न[5] से रहना परे-परे

3- अभिलाषा का कमण्डल 4- दान 5- सौन्दर्य का दरबार

❊

किस दिल में नहीं किसके ख़यालों में नहीं हो
बे-सूद ये दावा है कि तुम पर्दा-नशीं[1] हो

महसूस ये होता है कि हो पास बहुत पास
और ये भी हक़ीक़त है कि तुम पास नहीं हो

मैंने तुम्हें ख़्वाबों में तराशा है मुसलसल
अब लगने लगा है कि मिरे दिल में मकीं[2] हो

तुम ख़ुद को अगर देखो कभी मेरी नज़र से
हो जाएगा मालूम कि तुम कितने हसीं[3] हो

मुश्किल में हूँ किस नाम से अब तुमको पुकारूँ
तुम माहे-मुबीं[4], माहे-लक़ा[5], माह-जबीं[6] हो

1- पर्दे में रहने वाली 2- निवासी 3- सुन्दर 4- चमकते हुए चन्द्रमा जैसी 5- चन्द्रमुखी 6- चन्द्रमा के समान ललाट वाली

वो कौन है महफ़िल में जो वाक़िफ़ नहीं तुमसे
है कौन यहाँ तुम जिसे महबूब[7] नहीं हो

मैं फ़िक्र[8] के जंगल में भटकता हुआ शाइर
तुम हुस्ने-मआनी[9] हो, तख़य्युल[10] हो, यक़ीं[11] हो

आँखों में मिरी ढूँढ़ना बे-सूद[12] है जानाँ[13]
सीने में जहाँ धड़के है दिल तुम भी वहीं हो

बरसों से जो पिन्हाँ[14] था तसव्वुर[15] के महल में
'आज़र' का तराशा हुआ शाहकार[16] तुम्हीं हो

7- प्रिय 8- चिंतन 9- भावार्थ का सौंदर्य 10- कल्पना, विचार 11- विश्वास 12- व्यर्थ 13- प्रेयसी 14- छुपा हुआ 15- विचार 16- सर्वोत्तम कलाकृति

❁

निकले नहीं ज़ुल्फ़ों के अँधेरों में उलझ कर
हम रह गये नज़रों के फ़रेबों में उलझ कर

काँटो की चुभन का उन्हें एहसास क्या होगा
जो रात बिताते हैं गुलाबों में उलझ कर

असरारे-ख़ुदी[1] तुम पे भी हो जाएँगे ज़ाहिर[2]
कुछ वक़्त गुज़ारो तो फ़क़ीरों में उलझ कर

तै कैसे करेंगे वो तरक़्क़ी की मनाज़िल[3]
है फ़ख़्र[4] जिन्हें रस्मो-रिवाजों में उलझ कर

पछताएँगे जब उन पे बुरा वक़्त पड़ेगा
अपनों को भुला बैठे जो ग़ैरों में उलझ कर

1- अहंवाद का भेद (मर्म) 2- प्रकट 3- गन्तव्य 4- गर्व

सीढ़ी जो चढ़े तज़्रिबे[5] दम तोड़ रही हैं
नादानियाँ माथे की लकीरों में उलझ कर

दिन-रात सफ़र करते हैं वो अर्ज़ो-समा[6] का
आज़ादी मिली जिनको किताबों में उलझ कर

अल्लाह उन्हें बख़्श दे तू अपने करम से
जो जान गँवा बैठे मरीज़ों में उलझ कर

'आज़र' वो अभी पीर की बैअत[7] से है महरूम[8]
पर शैख़ बहुत ख़ुश है मुरीदों[9] में उलझ कर

5- अनुभव 6- पृथ्वी और आकाश 7- शिष्य बनना 8- वंचित 9- अनुयायी

नज़र पड़ी जब से उस हसीं[1] पर
नहीं है सीने में दिल कहीं पर

सुकूने-दिल की न पूछ हम से
हम आज भूल आए हैं कहीं पर

न करना दिल से जफ़ा[2] का शिकवा[3]
फ़रेफ़्ता[4] है ये इक हसीं पर

बहार आई तवाफ़[5] करने
क़दम रखा तूने जिस ज़मीं पर

तिरा मुक़द्दर है कामयाबी
यक़ीन करना मिरे यक़ीं पर

1- सुन्दरी 2- अन्याय 3- शिकायत 4- आसक्त, मुग्ध 5- परिक्रमा

बसेरा कर ले न साँप कोई
निगाह रख अपनी आस्तीं पर

न ढूँढ़ पहलू में अपने 'आज़र'
जहाँ है वो दिल भी है वहीं पर

❋

दर्द कम हो कभी जो सीने में
लुत्फ़[1] आता नहीं है जीने में

हो गई इब्तिदा[2] मुहब्बत की
साल के आख़िरी महीने में

जब से हासिल हुआ है उनका प्यार
ज़िन्दगी आ गई क़रीने[3] में

न वो ख़ुद हैं न याद है उनकी
क्या मज़ा इस तरह के जीने में

हर तरफ़ से है ज़ोर तूफ़ाँ का
कौन महफ़ूज़[4] है सफ़ीने[5] में

1- आनन्द 2- आरम्भ 3- शिष्टता 4- सुरक्षित 5- नाव

मेरे जज़्बात हैं मचलते हुए
तेरी अंगुश्त[6] के नगीने[7] में

दूध नमकीं भी हो तो क्या कहना
मिल गया माँ के जब पसीने में

वाइज़े-मोहतरम[8]! शराब नहीं
अश्के-साक़ी हैं आबगीने[9] में

उम्र जब ढल गई तो वो 'आज़र'
आ गये क़ाइदे[10] क़रीने में

6- अँगूठी 7- नग, मोती 8- सम्मानित धर्मोपदेशक 9- बोतल 10- नियम

❅

हर तरफ़ ख़ौफ़ का साया है चलो सो जाएँ
अभी गर्दिश[1] में सितारा है चलो सो जाएँ

याद का बन्द दरीचा[2] है चलो सो जाएँ
चाँद का रंग भी फीका है चलो सो जाएँ

ख़्वाहिशें वक़्त के हाथों हुई मिस्मार[3] कि अब
दिल में बिखरा हुआ मलबा है चलो सो जाएँ

कब तलक जागते रहने की सज़ा दें ख़ुद को
वो न आएगा न आया है चलो सो जाएँ

अब तो तारे भी झपकने लगे पलकें अपनी
रात का अब ये इशारा है चलो सो जाएँ

1- चक्कर 2- खिड़की 3- ध्वस्त

तारा तारा शब

किसको आवाज़ दें इस रात की तन्हाई में
एक सन्नाटा सा छाया है चलो सो जाएँ

जो चला जाए उसे भूलना बेहतर 'आज़र'
वक़्त कब लौट के आया है चलो सो जाएँ

तै है वहाँ बर्बादी है
अद्ल[1] जहाँ फ़रियादी[2] है

बे-हद सीधी-सादी है
माँ, बेटी या दादी है

लगती है जो भोली सी
लड़की बहुत फ़सादी है

जिनसे घर में फ़ित्ना[3] था
इक-इक बात भुला दी है

अपना हो या ग़ैरों का
सत्ता ख़ून की आदी है

हँसने पर है पाबन्दी
रोने की आज़ादी है

1- न्याय 2- याचक 3- उपद्रव

तारा तारा शब

जिसने जान बचाई थी
तुमने उसे सज़ा दी है

जिसने ज़ख़्म दिए हमको
हमने उसे दुआ दी है

आग जो बुझने वाली थी
तुमने उसे हवा दी है

बस्ती   में   है   वीरानी
सहरा[4]   में   आबादी   है

तेरा तसव्वुर[5] भी 'आज़र'
इक फूलों की वादी है

4- मरुथल 5- ध्यान

ये अदा उसकी निहायत ही हसीं है ऐ दिल!
हाथ रक्खा है कहीं दर्द कहीं है ऐ दिल!

इश्क़ करना भी है अंगारों पे चलने जैसा
इश्क़ करना भी कोई खेल नहीं है ऐ दिल!

दर्द सीने में निगाहों के तसादुम[1] से हुआ
तू गुनहगार नहीं मुझको यक़ीं है ऐ दिल!

मेरा मज़हब है मुहब्बत मिरा मस्लक़[2] ईसार[3]
अब तो दुनिया है मिरी बस यही दीं[4] है ऐ दिल!

तुझको भाती नहीं बाज़ार के चेहरों की चमक
तेरा मतलूब[5] कोई पर्दा-नशीं है ऐ दिल!

1- टकराव, झगड़ा 2- पंथ 3- स्वार्थ त्याग 4- धर्म 5- वांछित

तारा तारा शब

आजकल कुछ तिरे अंदाज़ हैं बदले-बदले
तेरे पहलू[6] में बता कौन मकीं[7] है ऐ दिल!

कौन सी दौलते-नायाब मयस्सर[8] आई
तौर[9] क्यों तेरा सरे-अर्शे-बरीं[10] है ऐ दिल!

इश्क़ शर्मिन्दा हो जिससे सरे-दहलीज़े-वफ़ा[11]
शे'र में ऐसा कोई लफ़्ज़ नहीं है ऐ दिल!

अपनी मेहनत से तराशा है ये लहजा[12] 'आज़र'
लफ़्ज़-लफ़्ज़ अपनी जगह एक नगीं है ऐ दिल!

6- बग़ल 7- निवासी 8- प्राप्त 9- चाल-ढाल 10- सबसे ऊँचा आकाश 11- वचन बद्धता की दहलीज़ (चौखट) पर 12- ढंग, शैली

उसे क़रीब बुलाऊँ बुला के मर जाऊँ
बस अपना दर्द सुनाऊँ सुना के मर जाऊँ

सुना है चाँद भिकारी है उसके जलवों का
उसे ये बात बताऊँ बता के मर जाऊँ

उसे कहूँ तू सरापा[1] है मज़हरे-कुदरत[2]
ये अपना फ़र्ज़ निभाऊँ निभा के मर जाऊँ

क़दम-क़दम पे जो बख़्शे हैं इश्क़ में उसने
ग़मों का जश्न मनाऊँ मना के मर जाऊँ

मिले जो मौक़ा तो तन्हाई में ब-शक्ले-ग़ज़ल[3]
हर एक ज़ख़्म दिखाऊँ दिखा के मर जाऊँ

1- सर से पैर तक 2- ईश्वर की कला का प्रदर्शन 3- ग़ज़ल के रूप में

तारा तारा शब

इक ऐसी शब[4] दे ख़ुदा उसके वस्ल[5] की मुझको
नक़ाब रुख़ से उठाऊँ उठा के मर जाऊँ

यही तमन्ना है 'आज़र' मैं कू-ए-जानाँ[6] में
बस एक रात बिताऊँ बिता के मर जाऊँ

किसी पत्थर पे वो अपनी कहानी छोड़ जाता है
रुपय के चन्द सिक्कों में जवानी छोड़ जाता है

चला जाता तो है परदेस भी रोज़ी की चाहत में
मगर अम्मा की आँखों में वो पानी छोड़ जाता है

बस इतना फ़र्क़ है इंसा के जीने और मरने में
नई वर्दी पहनता है पुरानी छोड़ जाता है

उसी का हक़ है कि अफ़ज़ल[1] रहे दोनों जहानों में
लहू में नूरे-हक़[2] की जो रवानी छोड़ जाता है

यक़ीनन आने वाली नस्ल पर एहसान है उसका
कि जो तहज़ीब[3] अपनी ख़ानदानी छोड़ जाता है

1- श्रेष्ठ 2- सत्य का तेज 3- सभ्यता

कभी ख़ुद के लिए वो जान ले लेता है औरों की
किसी के वास्ते ख़ुद ज़िन्दगानी छोड़ जाता है

ख़ला[4] में उड़ने वाले बस ख़ला में उड़ते रहते हैं
ज़मीं पर चलने वाला ही निशानी छोड़ जाता है

जिधर जाता है वो उसके जहाँ भी पाँव पड़ते हैं
ख़िज़ाँ[5] के दौर में भी रुत सुहानी छोड़ जाता है

उसे कैसे नज़र अंदाज़ कर सकते हैं हम 'आज़र'
जहाँ जाता है वो कोई निशानी छोड़ जाता है

4- अंतरिक्ष 5- पतझड़

❁

कुछ देर ठहरने दे पलकों पे ज़रा आँसू
मुझको भी समझने दे कहते हैं ये क्या आँसू

ख़ुशियाँ भी ज़रूरी हैं मातम भी ज़रूरी है
होंटों पे सजा नग़्में आँखों में सजा आँसू

ये सोच के दुनिया के ग़म ज़ब्त[1] किए हमने
खोता है वजूद[2] अपना आँखों से गिरा आँसू

आँसू कभी ऐसे ही आते नहीं आँखों में
आते हैं तो करते हैं इज़हारे-वफ़ा[3] आँसू

मिल जाते हैं बह-बह कर ये धूल में मिट्टी में
होती है ख़ता दिल की पाते हैं सज़ा आँसू

1- सहना 2- अस्तित्व 3- वचन बद्धता का स्पष्टीकरण

तारा तारा शब

लग जाता है अंदाज़ा ग़म है कि मसर्रत[4] है
आँखों से जुदा आँखें, आँसू से जुदा आँसू

बाज़ार में तो इनकी कुछ क़द्र नहीं 'आज़र'
ये क़ीमती मोती हैं यूँ ही न बहा आँसू

4- प्रसन्नता

❁

तै हुआ धूप की शिद्दत[1] में सफ़र दूर तलक
रास्ते में न था कोई भी शजर[2] दूर तलक

क्या हुआ उसको जो देखा नहीं पीछे मुड़कर
क्यों गई उसके तअक्क़ुब[3] में नज़र दूर तलक

तुम तो कहते थे हर इक राज़ रहेगा दिल में
कैसे फिर पहुँची तबाही की ख़बर दूर तलक

शाम ने शब[4] का किया देर तलक इस्तक़बाल[5]
और पहुँचाने गई शब को सहर[6] दूर तलक

डूबा-डूबा सा नज़र आया जहाँ अश्कों में
देखने को मिला आहों का असर दूर तलक

1- तीव्रता 2- वृक्ष 3- पीछा करना 4- रात्रि 5- स्वागत 6- प्रातः

तारा तारा शब

क़द्रो-क़ीमत ही रहेगी न कोई मंज़िल की
राह हो जाएगी आसान अगर दूर तलक

वो कमाने के लिए घर से जो निकला 'आज़र'
दूर होता हुआ देखा किया घर दूर तलक

हम तुम्हारी राह में पलकें बिछाएँ और तुम
हम ही अपनी जान की बाज़ी लगाएँ और तुम

हम ही दें हर गाम[1] पर अपनी मुहब्बत का सुबूत
हम ही बस तोहमत[2] मुहब्बत की उठाएँ और तुम

तुमको रुसवाई[3] से दुनिया की बचाने के लिए
हम तुम्हें कैसे न कैसे भूल जाएँ और तुम

आईने के सामने ये ख़ुद-नुमाई[4] ये सिंगार
हम तुम्हें दुनिया की नज़रों से बचाएँ और तुम

ज़हन में हर बार रह-रह कर ये उठता है सवाल
दास्ताने-हिज्र[5] हम तुम को सुनाएँ और तुम

1- रास्ता 2- आरोप 3- बदनामी 4- आत्म-प्रदर्शन 5- वियोग की कथा

तारा तारा शब

है यही काफ़ी ग़ज़ल तख़्लीक़[6] होने के लिए
ये हवाएँ, ये घटाएँ, ये फ़ज़ाएँ[7] और तुम

तुम ही जब ठहरे ज़माने के हर इक ग़म का सबब[8]
हम ही 'आज़र' ग़म ज़माने के उठाएँ और तुम

6- निर्माण, रचना 7- वातावरण 8- कारण

❁

घर से निकल मंज़र में आ
मेरे साथ सफ़र में आ

मैं भी दिल के रब्त[1] में हूँ
तू भी दिल के असर में आ

बज़्म-आराई[2] ला-हासिल[3]
कुर्बे-ख़ाक-बसर[4] में आ

शहरे-वफ़ा[5] का राही मैं
तू भी राहगुज़र[6] में आ

इश्क़ में ढल कर दिल में बस
सौदा[7] बनकर सर में आ

1- सम्पर्क 2- सभा का आयोजन या शोभा बढ़ाने का कर्म 3- अप्राप्य 4- मिट्टी वाली भूमि पर रहने वालों के समीप 5- वचन निभाने वाला नगर 6- मार्ग 7- प्रेम में पागलपन

क्या मिलना दर-ब-दरी[8] से
घर है तिरा दिल, घर में आ

शामे-फ़िराक़[9] आँसू की तरह
कासा-ए-चश्मे-तर[10] में आ

हो फ़न[11] की मेराज[12] मुझे
बन के शे'र हुनर में आ

'आज़र' वक़्त का हिस्सा बन
गर्दिशे-शामो-सहर[13] में आ

8- भटकना 9- वियोग की संध्या 10- भीगी हुई आँखें रूपी प्याला 11- कला 12- सीढ़ी, उच्चता, श्रेष्ठता
13- प्रातः और संध्या का चक्कर अर्थात दिन-रात का चक्कर

❋

हमने अल्लाह की अता[1] जाना
आपने इश्क़ को बुरा जाना

जानना क्या था और क्या जाना
उसको देखे बिना ख़ुदा जाना

प्यार करता था टूटकर तुमसे
तुमने क्यों उसको मनचला जाना

आफ़ताब[2] उससे भीख माँगते थे
तुमने जिसको बस इक दिया जाना

इक क़लन्दर[3] था वो भिकारी नहीं
मर गया, राज़ जब खुला जाना

1- देन 2- सूर्य 3- मस्त रहने वाला साधु, स्वच्छन्द साधु

तारा तारा शब

जिसमें लोगों का दर्द हो शामिल
कोई ऐसी ग़ज़ल सुना जाना

ये भी क़िस्मत का खेल है 'आज़र'
चाहना जिसको उसे पा जाना

❁

न हमदम[1] है न कोई मेहरबाँ[2] है
हमारी कुछ अजब[3] ही दास्ताँ है

है किस मंज़िल में आख़िर इश्क़ अपना
लबों पर आग आँखों में धुआँ है

हवा रोके हुए है साँस अपनी
चराग़ों का ये कैसा इम्तिहाँ[4] है

जो सुनता है वही होता है ग़म-गीं[5]
मिरी रूदाद[6] रूदादे-जहाँ[7] है

है नज़्मे-कारवाँ[8] कुछ मुन्तशिर[9] सा
कोई दुश्मन शरीके-कारवाँ[10] है

1- मित्र 2- कृपालु 3- विचित्र 4- परीक्षा 5- दुखी 6- कहानी 7- संसार की कहानी 8- यात्री दल की व्यवस्था
9- अस्त-व्यस्त 10- यात्री दल में सम्मिलित

न रोग़न[11] है न कोई लौ है रौशन[12]
मगर फिर भी चराग़ों में धुआँ है

उधर है दुश्मनों पे ख़ौफ़ तारी[13]
हमारे हाथ में ख़ाली कमाँ[14] है

वहीं बैठे हैं तिश्नालब[15] परिन्दे
जहाँ इक बे-कराँ[16] दरिया रवाँ[17] है

यहाँ क्या काम है अहले-ख़ुशी[18] का
ये महफ़िल, महफ़िले-आशुफ़्तगाँ[19] है

समाअत[20] क़हक़हों से क्यों है महरूम[21]
बताए तो कोई 'आज़र' कहाँ है

11- तेल 12- प्रज्वलित 13- छाया हुआ 14- कमान 15- प्यासे होंट 16- असीमित 17- बहता हुआ 18-
आनन्दित लोग 19- शोकाकुल लोग 20- श्रवण-शक्ति 21- वंचित

❀

हैराँ[1] हूँ मैं कौन ये मुझमें आन बसा है
किसके रूप से रौशन[2] दिल का आईना है

उसके रूप का उजलापन है चाँदी जैसा
उसके रुख़सारों[3] का रंग शफ़क़[4] जैसा है

फूल की रंगत उसके पैकर[5] से शर्मिन्दा
उसकी साँसों से गुलशन महका-महका है

चाँदनी धुँदला जाती है उस नूर[6] के आगे
चाँद का रौशन चेहरा भी उतरा-उतरा है

वो बोले तो ज़हनो-दिल बे-बस हो जाएँ
नर्म मुलायम उसका लहजा[7] जादू सा है

1- अचम्भित 2- प्रकाशित 3- कपोल 4- क्षितिज 5- आकृति 6- तेज, प्रकाश 7- वार्तालाप की शैली

तारा तारा शब

संदल जिस्म, शगुफ़्ता[8] चेहरा, बादल ज़ुल्फ़ें
सर-ता-पा[9] हर अंग तिरा मस्ताना है

हर इक लफ़्ज़ से आती है क्या प्यारी ख़ुशबू
इक़बाल 'आज़र' भी यानी उर्दू वाला है

8- खिला हुआ 9- सर से पैर तक

❁

आँख भरकर उसने जब देखा पहाड़
एक पल में हो गया मलबा पहाड़

देखती है हर नज़र तहक़ीर[1] से
टूटता है जब तकब्बुर[2] का पहाड़

गर्म सूरज की तपिश ने क्या हुआ
बह गया पानी सा बर्फ़ीला पहाड़

देखकर इक सर्व-क़द[3] को दफ़अतन[4]
हो रहा है ख़ुद में शर्मिन्दा पहाड़

ये भी इक तुरफ़ा-तमाशा[5] ही तो है
जुर्म राई का है शर्मिन्दा पहाड़ा

1- अनादर 2- घमण्ड 3- चीड़ जैसी ऊँचाई वाला 4- अनायास 5- विचित्र खेल

कैसे मुमकिन है कि हावी हो थकान
सर पे रक्खा है ज़रूरत का पहाड़

मैं कि हूँ हिफ़्ज़े-मरातिब[6] आशना[7]
मैंने राई को नहीं लिक्खा पहाड़

मुझको अपने क़द का अंदाज़ा हुआ
मैंने जब भी रू-ब-रू देखा पहाड़

मिल गया होता वो 'आज़र' ख़ाक में
मेरे जितने ग़म अगर सहता पहाड़

www.ingramcontent.com/pod-product-compliance
Lightning Source LLC
LaVergne TN
LVHW051544170726
843492LV00006B/1934